60, rue Saint-André-des-Arts 75006 Paris
www.editionsladoux.com
contact@editionsladoux.com

Conception graphique : Camille Gautron
Relecture et correction : Écrit sûr

ISBN : 978-2-4882-7540-8

Loi n°49-956 du 16 juillet 1949 sur les publications destinées
à la jeunesse modifiée par la loi n°2011-525 du 17 mai 2011.

Dépôt légal : octobre 2025 - Achevé d'imprimer en 2025 par
Gibert Clarey, Chambray-lès-Tours, France

À toutes celles et ceux, qui regardent encore les étoiles.

Marion

Merci à Marion, pour son amitié et la confiance accordée,
précieuses comme un poème qu'on laisse illustrer.

Hadrien

1

DÉCEMBRE

25 JOURS POUR SERRER DANS SES BRAS

LES ÉTOILES DANS LES YEUX QU'ON AVAIT ÉGARÉES

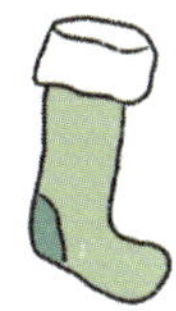

2

DÉCEMBRE

D'ABORD ON IRA CHOISIR LE SAPIN
CHEZ LE FLEURISTE DU COIN
CELUI QUE TU AIMES BIEN
CELUI QUI NOUS FILE TOUJOURS UNE ROSE ET UN CHOCOLAT
COMME D'HABITUDE.

PUIS ON PRENDRA LA ROUTE
DIRECTION LE VIEIL ENTREPÔT
POUR LA BÛCHE ET LE NOUGAT

TU CONNAIS LE GÉRANT DEPUIS 15 ANS
ET TU ME LE RAPPELLERAS

COMME D'HABITUDE.

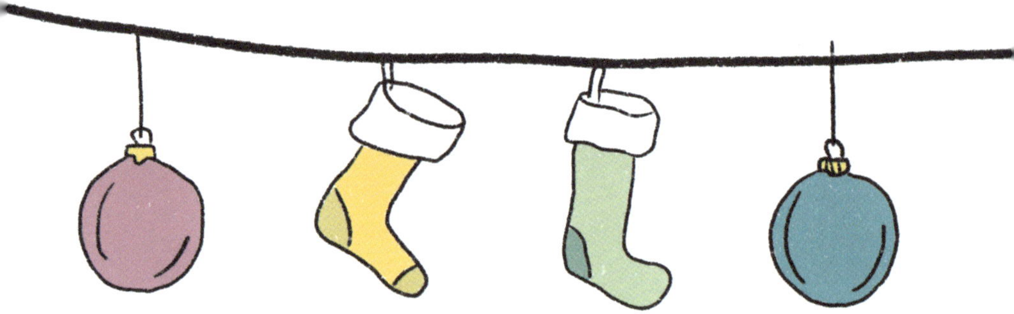

ON RESSORTIRA
LES GUIRLANDES
LES BOULES
LES CHAUSSETTES
DE LA CAVE
L'ÉTOILE UN PEU CABOSSÉE
NICHÉE DANS LA POUSSIÈRE
DES CARTONS

QU'ON ACCROCHERA
QUAND MÊME
COMME CHAQUE FIN D'ANNÉE.

NAÎTRA ALORS
CE BONHEUR CONTAGIEUX
DANS TES YEUX

LA PLUS BELLE
DES HABITUDES.

ET NOEL
POURRA BIEN
COMMENCER.

3

DÉCEMBRE

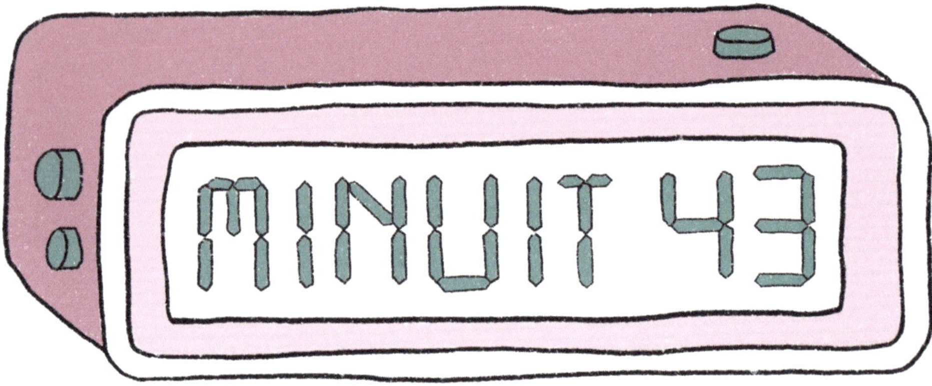

TA NOTIFICATION
COMME UN REFRAIN
OBSTINÉ

DANS MA TÊTE

FERMER LES YEUX SANS
TE PARLER ENCORE UN PEU

NE SERAIT PAS RAISONNABLE

TON VISAGE BRILLE
DERRIÈRE MON ÉCRAN

ON S'EST VUS HIER
ON SE VERRA
DEMAIN

CE N'EST PAS IMPORTANT
LE RÉVEIL DEMAIN

LES RESPONSABILITÉS
LA FATIGUE

RIEN N'EST IMPORTANT

SAUF CETTE LUEUR BLEUE

OÙ TON PRÉNOM S'ALLUME

ET LA NUIT
QUI NOUS GARDE

UN PEU PLUS
LONGTEMPS.

4

DÉCEMBRE

IL M'ARRIVE D'AVOIR PEUR
DE L'AVENIR

JE CONNAIS LES COULEURS
DE MA CHAMBRE
D'UN CIEL À HUIT HEURES DU MATIN
ET DES BANCS USÉS DU LYCÉE

MAIS CELLES DE DEMAIN
M'ÉCHAPPENT

PARFOIS JE LES IMAGINE
BLANCHES PARFOIS,
NOIRES

– D'AILLEURS CE NE
SONT MÊME PAS
DES COULEURS
DIT-ON. –

IL M'ARRIVE D'AVOIR PEUR
DE L'AVENIR

JE CONNAIS LES COULEURS

DE MES AMIS
DE L'ABRIBUS
DES PAGES DE COURS
JAMAIS RELUES

MAIS CELLES DE L'AVENIR ?

ET SI DEMAIN ÉTAIT

ARC-
EN-
CIEL

NOIR ET BLANC
MÉLANGE CHROMATIQUE

ET SI L'AVENIR PORTAIT
EN LUI LES COULEURS
DE TOUT CE QUE
JE CONNAIS DÉJÀ

DE MA CHAMBRE
D'UN CIEL À 8 H DU MATIN
DES BANCS USÉS DU LYCÉE
DE MES AMIS
DE L'ABRIBUS
DE L'ENCRE DES PAGES
DE COURS JAMAIS RELUES

D'UN CIEL À MINUIT
ET DE TOUS MES ESPOIRS.

5

DÉCEMBRE

J'ARPENTE LES RUES
À LA RECHERCHE DE
TON VISAGE
ET
TOUJOURS
JE LE RETROUVE
TOUT PRÈS DE LA GRILLE
DU LYCÉE OÙ TU AVAIS
PRIS LA PEINE DE M'ATTENDRE
AVANT LE COURS
UN PAIN AU LAIT À LA MAIN
ET UN SOURIRE SUR LA JOUE.

DEPUIS, CE SOURIRE EST RESTÉ LÀ,
SERRÉ CONTRE MOI
ACCROCHÉ À NOS SACS
TIPP-EXÉS DE SOUVENIRS
INDÉLÉBILES.

LES PREMIÈRES FOIS
COMMENCENT DANS
LES LIEUX ORDINAIRES

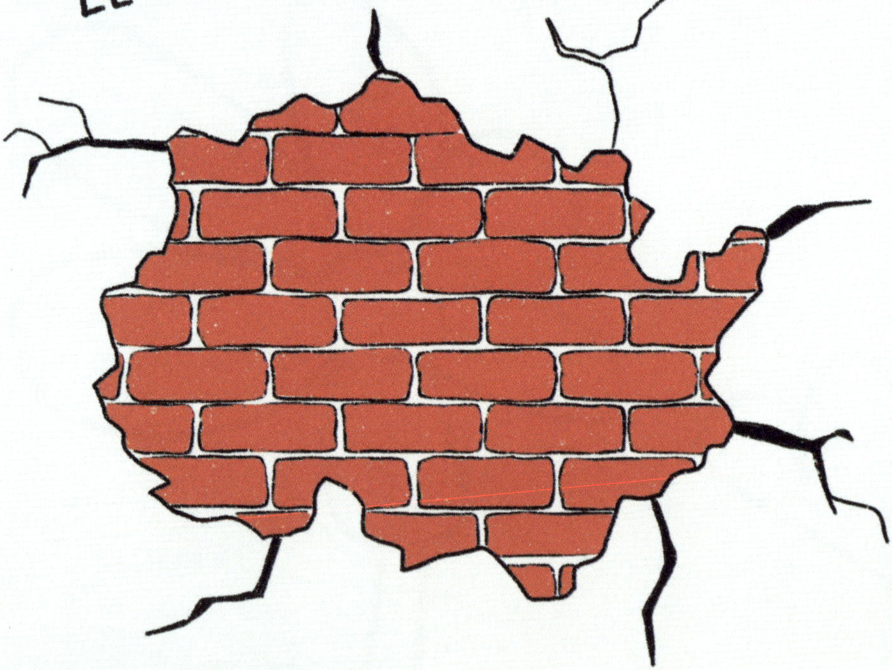

DEVANT LES GRILLES
DU LYCÉE, ACCOMPAGNÉES
D'UN PAIN AU LAIT ET
D'UNE TRANCHE DE SOURIRE.

CES PETITES CHOSES
QUI FINISSENT PAR
NOUS HABITER TOUT
ENTIERS

NICHÉES ENTRE
LE COEUR ET LES JOURS
QU'ON PARTAGE

SANS MÊME
Y PENSER

ET DONT ON SE SOUVIENT,

TOU JOURS.

6

DÉCEMBRE

LES RÊVES D'ENFANT SONT DES LUMIÈRES

QUE L'ON RESTAURE

DANS LES NUITS
DE L'HIVER.

1

DÉCEMBRE

SÉRIEUX

SÉRIEUX J'ESSAIE
DE L'ÊTRE QUAND
JE REMPLIS MON SAC
DE RESPONSABILITÉS

DE LIVRES QU'ON M'IMPOSE
QUI NE ME PARLENT PAS
QUAND JE RESTE LÀ
ASSIS SUR UNE CHAISE

À ÉCOUTER DE GRANDES HISTOIRES
QUI NE SAVENT MÊME PAS
D'OÙ JE VIENS

ET AUXQUELLES
JE N'AI RIEN
DEMANDÉ

SÉRIEUX

J'ESSAIE DE L'ÊTRE
QUAND
LES JOURNÉES
S'ÉTIRENT
LONGUES
COMME DES COULOIRS
SANS FIN
ET QUE L'HORLOGE
FREDONNE
LE BRUIT DE
CE TEMPS
QUE
JE PERDS.

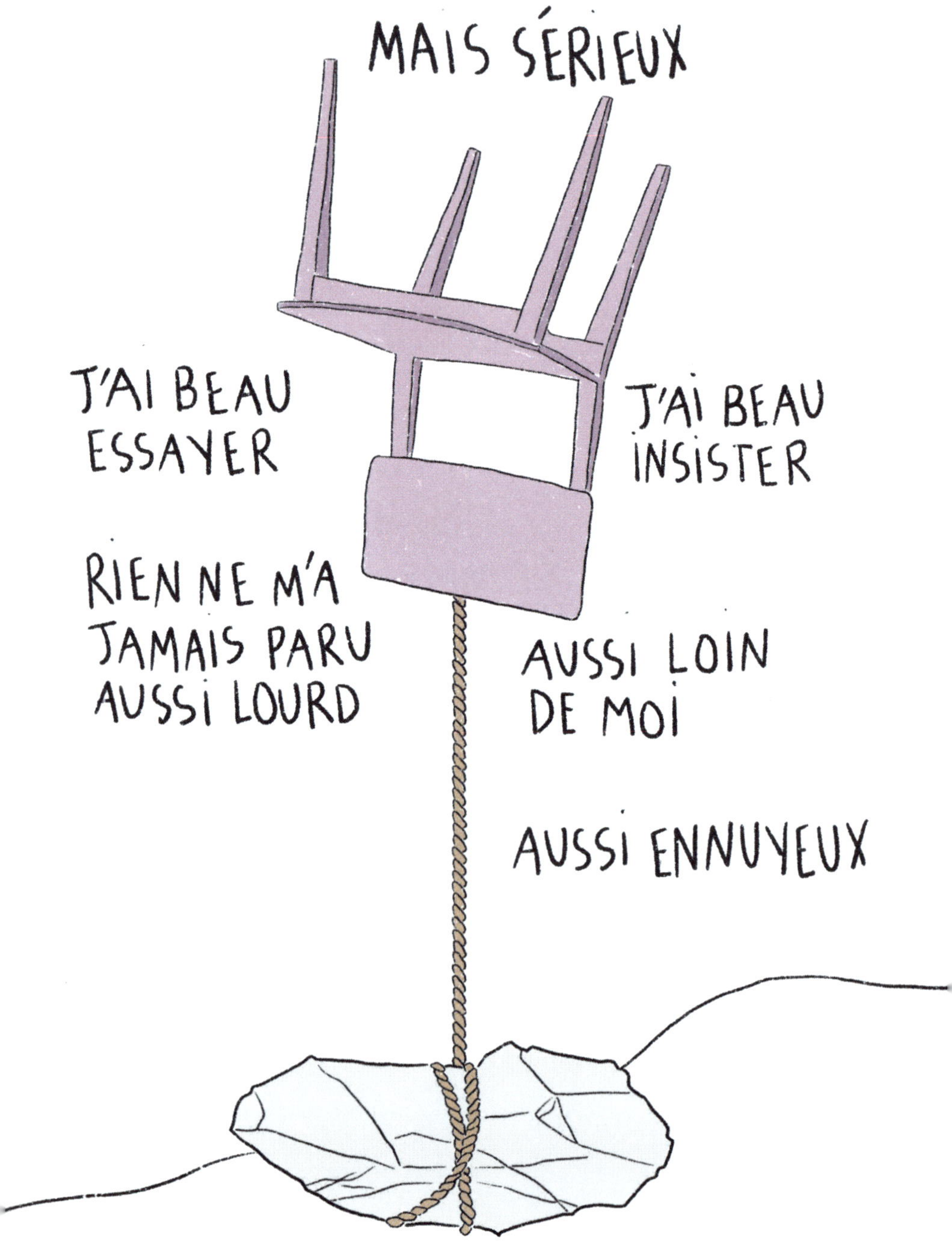
MAIS SÉRIEUX
J'AI BEAU ESSAYER
J'AI BEAU INSISTER
RIEN NE M'A JAMAIS PARU AUSSI LOURD
AUSSI LOIN DE MOI
AUSSI ENNUYEUX

QUE D'APPRENDRE
À ÊTRE SÉRIEUX.

8

DÉCEMBRE

JE SUIS DANS LE TRAIN
ET JE VOUDRAIS QU'ON
ME LÂCHE LA GRAPPE

QUE PERSONNE NE VIENNE
S'ASSEOIR À CÔTÉ

JE BRÛLE

SI ON M'APPROCHE
DE TROP PRÈS

DANS LE WAGON
65 PLACES, 43 OCCUPÉES
JE CROISE LES DOIGTS

POUR QUE LES DIX PASSAGERS
MONTÉS À L'ARRÊT
NE CHOISISSENT PAS
MON SIÈGE ORPHELIN.

J'ESSAIE D'ÉCRIRE DE LA POÉSIE MAIS ÇA RESSEMBLE PLUTÔT À UN PROBLÈME DE MATHS INSOLUBLE.

COMME CEUX QU'ON FAISAIT PETITS : SI J'AI 5 PÊCHES, 10 POMMES ET QUE JE VEUX 3 BANANES, COMBIEN ME FAUT-IL DE POIRES ?

CE N'EST PAS VRAIMENT
UNE HISTOIRE DE CHIFFRES

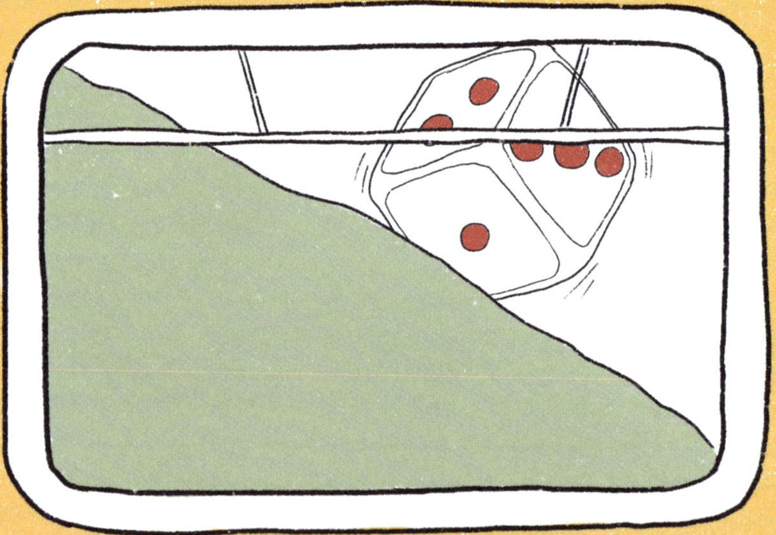

PLUTÔT DE HASARD
DE MAUVAIS HASARD
ET DE CHANCE - PEUT-ÊTRE -

ALORS, SI J'AI 4 MESSAGES DE TOI, 2 BROUILLONS QUE JE N'ENVERRAI PAS ET UNE PLACE VIDE À CÔTÉ DE MOI...

COMBIEN D'ARRÊTS FAUDRA-T-IL AVANT QUE J'ACCEPTE QU'ON TE REMPLACE ?

9

DÉCEMBRE

CE QUI EST BEAU
C'EST LA FAÇON
DONT LE MONDE

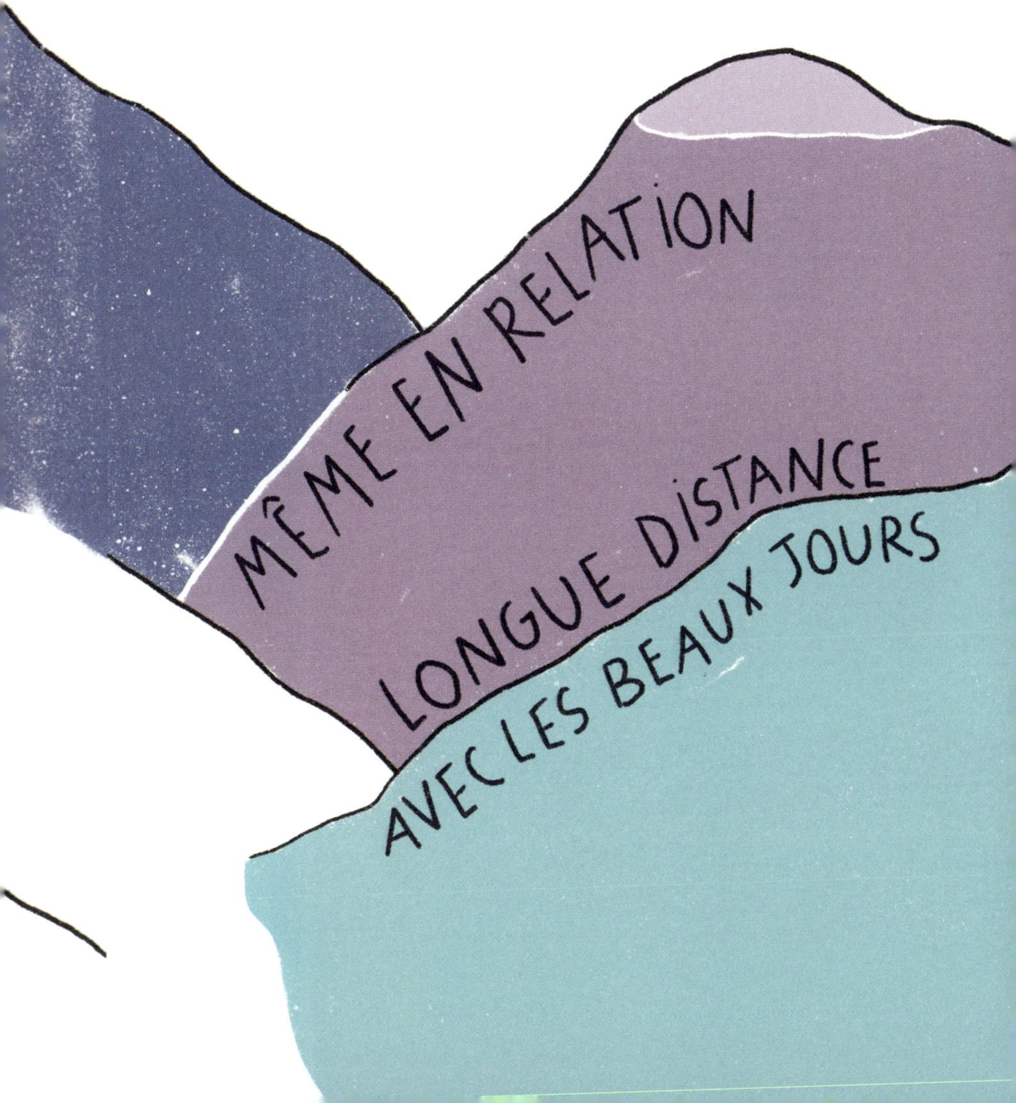
MÊME EN RELATION
LONGUE DISTANCE
AVEC LES BEAUX JOURS

ARRIVE À METTRE

DES PAILLETTES
DANS NOS VIES.

LA MAGIE,
C'EST AVANT TOUT,

DANS LE CŒUR.

10

DÉCEMBRE

CE QUI CHANGE UNE VIE
RESSEMBLE
À TOI
ET À CE JOUR OÙ
JE N'EMPRUNTERAI PLUS
CETTE RUE.

CETTE RUE QUE JE N'AI
JAMAIS CESSÉ DE FOULER
POUR LA BAGUETTE
À 1 EURO S'IL-VOUS-PLAÎT
LES BALADES SANS BUT
LES AMIS À VÉLO..
ET ME RENDRE CHEZ TOI.

CE QUI CHANGE UNE VIE
RESSEMBLE À
UN CLIC SUR PARCOURSUP
LE DÉBUT DES ÉTÉS
ET CE QUARTIER
QUI CHANGE DE VISAGE

ET MOI ?
MOI AUSSI JE GRANDIS
JE PRÉPARE LE DÉPART.

MAIS UN JOUR
JE REVIENDRAI ICI
RETRACER LES PAS
DE MA JEUNESSE
DANS DES RUES
QUI N'AURONT PLUS RIEN
DE NOUS.

ET JE ME DIRAI,
SANS DRAME ET
SANS COLÈRE :
QUE TOUT A CHANGÉ.

11

DÉCEMBRE

LES MONTAGNES RUSSES
NE SONT PAS RUSSES
ELLES SONT SURTOUT DANS MA TÊTE
TOUT LE TEMPS
IL FAUDRAIT
LES APPELER
LES MONTAGNES
DANS MA TÊTE

CE SONT DES MONTAGNES IMMENSES
QUI NE S'ARRÊTENT PAS,
QUAND J'ARRIVE EN HAUT
DE L'UNE D'ENTRE ELLES,
J'AI À PEINE LE TEMPS DE RESPIRER
QUE JE LA DÉVALE DÉJÀ
ET LA PENTE EST RAIDE
IMMENSE
BÉANTE

PARFOIS J'ESSAIE DE CRIER
MAIS MA VOIX RESTE COINCÉE
ENTRE DEUX VIRAGES SERRÉS

E ME DIS QUE ÇA VA PASSER QUE C'EST JUSTE UNE BOUCLE
UN TOUR PUIS UN AUTRE ET ENCORE UN AUTRE
PARCE QU'ELLES SONT COMME ÇA
LES MONTAGNES DANS MA TÊTE :
INTERMINABLES.

IL PARAÎT
QU'UN JOUR ÇA RALENTIRA
UN PEU
QUE JE POURRAI
RESPIRER AU SOMMET.
IL PARAÎT
QU'UN JOUR
MES MONTAGNES
ELLES SERONT
PLATES OU PLUS
PETITES COMME
DES DUNES OU
JUSTE VALLONNÉES
COMME ON DIT.
QUE
JE POURRAI
PRENDRE
LE TEMPS
DE M'ASSEOIR
EN HAUT
DE CONTEMPLER
LE PAYSAGE

D'ÉCOUTER LA TERRE
ET LES OISEAUX QUI RACONTENT
TOUJOURS QUELQUE CHOSE
QUE JE N'ÉCOUTE PAS CAR
J'EN AI UN PEU RIEN À CARRER
C'EST VRAI
EN ATTENDANT,
JE FAIS DE L'APPEL
DE SOMMET ET
DU KILOMÈTRE
LANCÉ
SUR LES MONTAGNES
DANS MA TÊTE
ET JE DOIS BIEN DIRE
QU'AU MOINS
JE NE M'ENNUIE JAMAIS.

12

DÉCEMBRE

JE N'AIME PAS
LES BONNES
RÉSOLUTIONS.

SÉRIEUX
QUI A INVENTÉ ÇA
?

SOIS PLUS SAGE
PLUS CONCENTRÉ
MOINS BORDÉLIQUE

MAIS MOI
JE VEUX JUSTE
ÊTRE MOI
EN BAZAR

JE SUIS EN CHANTIER
MES RÊVES TIENNENT À PEINE
DANS MON SAC À DOS
JE N'AI MÊME PAS FINI D'ÊTRE MOI

ET ON ME PARLE DE RÉSOLUTIONS ?

ALORS QUE DANS
MON CŒUR,

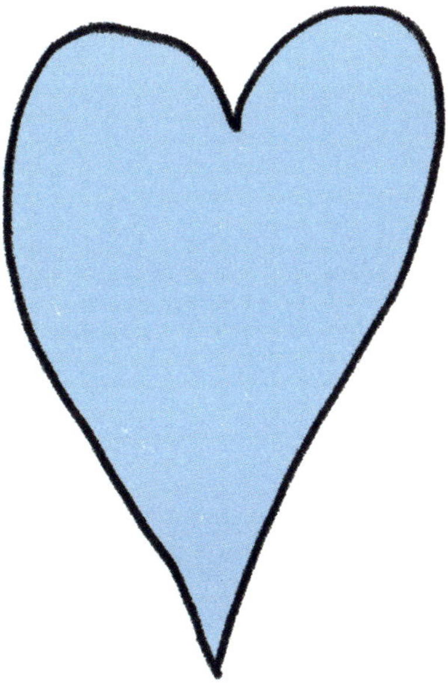

C'EST TOUT SIMPLEMENT
UN BORDEL
EN ÉVOLUTION.

13

DÉCEMBRE

25 RAISONS D'AIMER LE MOIS DE DÉCEMBRE

1. POUR LE BONHEUR DES VACANCES.

2. POUR LES RETROUVAILLES QU'ON ATTENDAIT.

3. POUR LE BONHEUR DANS LEURS YEUX.

4. POUR LE BONHEUR DANS TES YEUX.

5. POUR L'ENTHOUSIASME COLLECTIF, QUI DÉBORDE DANS LES RUES.

6. POUR LES GRANDES PREUVES D'AMOUR QUI PRENNENT TOUTE LA PLACE.

7. POUR L'ANNÉE EN COURS, QUI LAISSE DOUCEMENT LA PLACE.

8. POUR LES BILANS DOUX-AMERS.

9. POUR CETTE FÊTE, QUI RANIME LES COEURS.

10. POUR LE JOUR ET LE SOLEIL QUI SE FONT RARES.

11. POUR LA NUIT ET LES JOURS GRIS QUI SE FONT BEAUX.

12. POUR CETTE VIE, QUI SAIT SE CÉLÉBRER, POUR MIEUX RECOMMENCER.

13. POUR LES SOURIRES, CONTAGIEUX, C'EST VRAI.

14. POUR LES LUMIÈRES QUI RACONTENT LA MAGIE.

15. POUR LES REPAS QUI DURENT CENT ANS.

16. POUR TOUS CES MOMENTS, DONT ON SE SOUVIENDRA LONGTEMPS.

17. POUR LES SOUVENIRS D'ENFANCE.

18. POUR TOUT MON AMOUR QUI, MALGRÉ MOI, BAT SI FORT.

19. POUR LE PLAISIR DES PLAIDS ET DES VIEUX FILMS TELLEMENT REVUS.

20. POUR LES GRANDS-PARENTS, QUE JE NE VOIS PLUS SOUVENT.

21. POUR LES PARENTS, QUI ONT L'AIR SI CONTENTS.

22. POUR LES BALADES AU MARCHÉ, AVEC TOI, GAUFRES, VIN CHAUD ET LE FROID SOUS LA PEAU.

23. POUR LES CADEAUX, QUI EN DISENT PLUS QUE TOUS LES MOTS.

24. POUR LE SAPIN, QUE J'AI TOUJOURS TANT AIMÉ FAIRE À LEUR CÔTÉ, MÊME AUJOURD'HUI.

25. ET POUR Y CROIRE
UN PEU, ENCORE
ENCORE ET ENCORE
EN NOUS
EN L'AMOUR
ET
À MES RÊVES D'ENFANT.

14

DÉCEMBRE

JE NE TE VOIS
QU'UNE FOIS PAR AN
PARFOIS DEUX
À L'HEURE DE L'ÉTÉ
ET DES BORDS DE MER

ET C'EST SUFFISANT,
POUR NE PAS OUBLIER
TON PARFUM DE MIEL
ET DE BONBONS SUCRÉS.

QUAND TU ES LÀ
ON NE SE PARLE PAS VRAIMENT
IL S'AGIT SIMPLEMENT
D'UNE PRÉSENCE
INDÉLÉBILE
DEPUIS LE PREMIER JOUR

IL N'EST PAS QUESTION
DE GRANDS MOTS D'AMOUR
IL S'AGIT SIMPLEMENT DE TOI
SIMPLEMENT TOI
DEPUIS LE PREMIER JOUR.

QUAND TU ES LÀ,
C'EST UNE JOIE INTÉRIEURE
QUI PREND TOUT L'ESPACE

ET JE VOUDRAIS
PRENDRE TA MAIN
UN PEU FATIGUÉE

TE DIRE QUE
JE LA TROUVE BELLE, OUI

TE DIRE QUE
JE TE TROUVE BELLE, OUI
TE DIRE QUE
J'AI GRANDI, OUI
MAIS JAMAIS
TROP POUR TOI.

JE VOUDRAIS TE RACONTER MA VIE
TE DIRE ENCORE UNE FOIS « ÇA VA MAMIE ? »
ET ÉCOUTER TES HISTOIRES QUI PARLENT D'AVENTURES
ET DE DESTIN BIEN REMPLI

JE VOUDRAIS SAVOURER
TA PRÉSENCE ENCORE UNE FOIS
ET ME RAPPELER TOUJOURS
POUR TOI

QUE TU ES ET SERAS
MON HIVER PRÉFÉRÉ

15

DÉCEMBRE

J'AI MIS UN VŒU
SOUS MON OREILLER

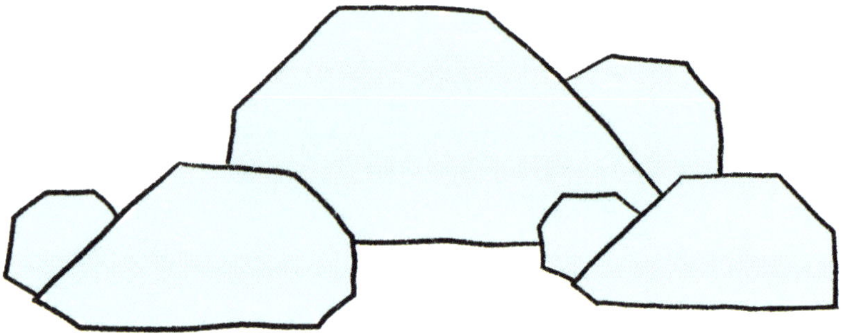

AU CAS OÙ

LA NUIT M'ÉCOUTE

16

DÉCEMBRE

IL Y A DES MOTS
QUE JE N'AI JAMAIS DITS
À HAUTE VOIX
ALORS JE LES AI ÉCRITS ICI :
DANS LES FLOCONS,
QUE J'AI REGARDÉ FONDRE

DANS TON RIRE, QUE
J'AI CONSERVÉ PRÉCIEUSEMENT
AU FOND DE MA POCHE

DANS LE CADEAU QUE
JE T'AI CHOISI
– ET CROIS-MOI ÇA M'A
BIEN PRIS TOUT
UN APRÈS-MIDI.

JE LES AI ÉCRITS
DANS LES NOTES DE MON TEL
LES LARMES DES VITRES
LE SOLEIL LOGÉ
SUR LE RECOIN DE TES LÈVRES.

PARTOUT DANS LES RÉGIONS DE MA TÊTE
ET LES PETITS COULOIRS DE MON CŒUR.

CE N'EST PAS GRAND-CHOSE.
MAIS
C'EST TOUT CE QUE J'AI.

ET PEUT-ÊTRE
QU'UN JOUR,
À TOI, RIEN QU'À TOI
JE TE LES DIRAI
POUR DE VRAI.

17

DÉCEMBRE

QUAND JE ME SENS UN PEU TRISTE
JE METS DES GROS PULLS.

DANS LESQUELS IL Y A UNE CABANE
ET DANS CETTE CABANE UNE CHEMINÉE
UN POSTER REMARQUABLE,
COMME TES YEUX

CE SONT DES PULLS XXR :

QUAND JE LES PORTE
ILS ME RACONTENT
DES HISTOIRES
DANS LESQUELLES
JE ME SENS BIEN
PRESQUE
LE MÊME EFFET
QUE TOI.

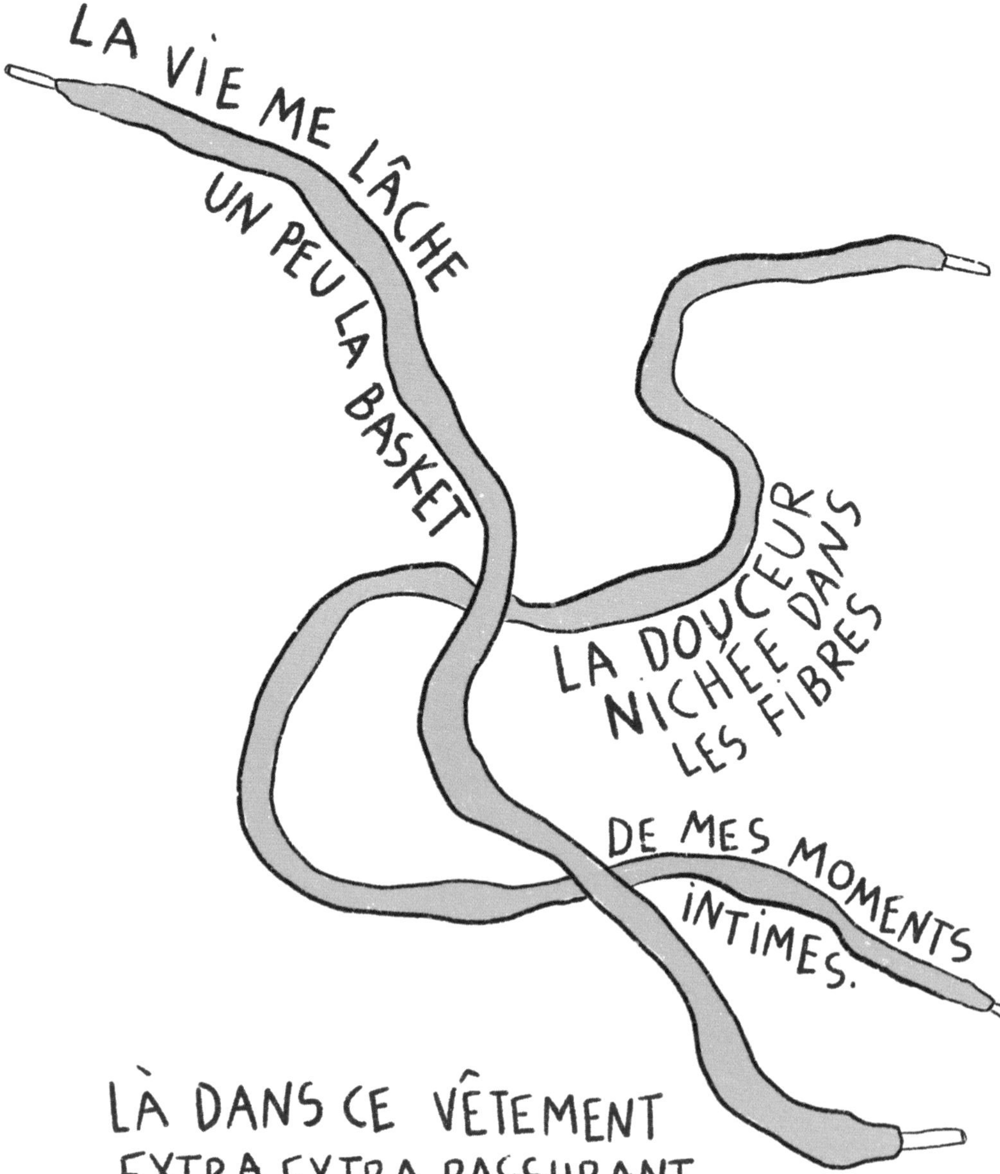

LÀ DANS CE VÊTEMENT
EXTRA EXTRA RASSURANT

MÊME L'HIVER

A DES AIRS DE CARESSE.

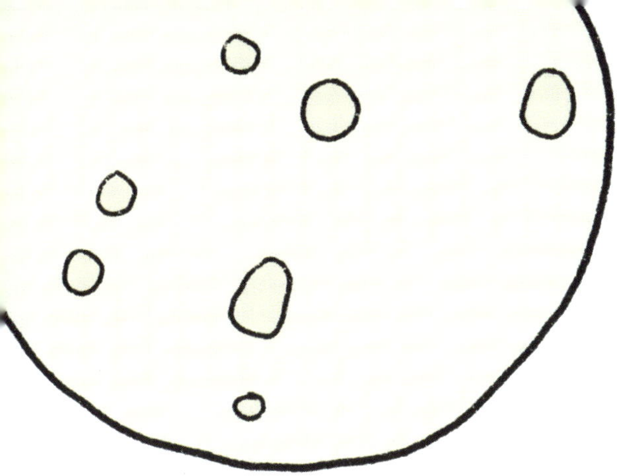

18

DÉCEMBRE

J'AI COMMENCÉ PAR FAIRE
LE TOUR DE MON LIT
LE TOUR DU QUARTIER
ET MÊME LE TOUR DE TA PEAU.

PUIS J'AI COMPRIS
QU'IL ME MANQUAIT
LE TOUR DU MONDE.

J'AI RÊVÉ D'UN AILLEURS :
D'UN COUCHER DE SOLEIL
À BANGKOK
DE RIRES CLANDESTINS
SOUS LES BUILDINGS DE NEW YORK
DU SILENCE MAJESTUEUX DE L'ATLAS.
J'AI EU LE MAL DU PAYS
ET PLUS ENCORE, LE MAL DE TOI.

ALORS J'AI ÉCRIT
TON PRÉNOM DANS
LA BUÉE D'UN TRAIN
ITALIEN, CHANTÉ POUR TOI
DANS LES NUITS ANDALOUSES.

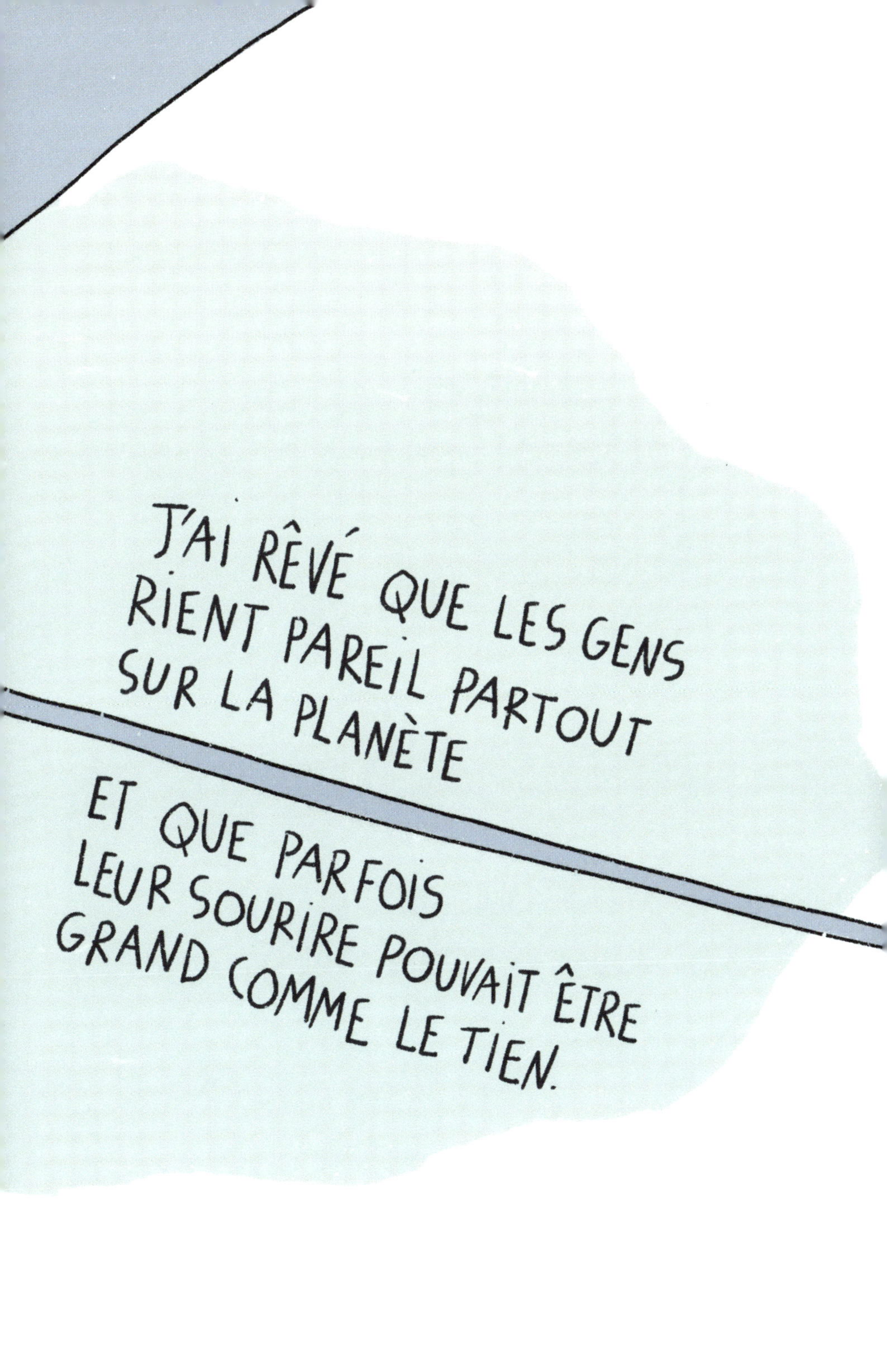
J'AI RÊVÉ QUE LES GENS RIENT PAREIL PARTOUT SUR LA PLANÈTE
ET QUE PARFOIS LEUR SOURIRE POUVAIT ÊTRE GRAND COMME LE TIEN.

À TRAVERS
LES OCÉANS
SUR LA ROUTE
DE LA SOIE

DANS LA POÉSIE DE CAPRI
SUR LES VÉLOS D'AMSTERDAM

OÙ QUE JE SOIS

JE T'AI PROMIS QUE
SI JE FAIS LE TOUR
DU MONDE

JE N'OUBLIERAI JAMAIS
DE FAIRE ENCORE
LE TOUR DE TOI.

P.S : PASSE LE BONSOIR AUX ÉTOILES.

19

DÉCEMBRE

À L'AUBE

DES CHANGEMENTS

DES GRANDS
BOULEVERSEMENTS

IL Y AURA DES POÈMES.

ILS PARLERONT
D'AMOUR,
DE GALÈRE

ET DES FEUX

QUI S'EMBRASENT DANS L'HIVER.

20

DÉCEMBRE

TOUT CE QU'ON S'EST RACONTÉ
TOUS NOS JOURS HEUREUX

J'ESPÈRE QUE LES BANCS SUR LESQUELS ON S'EST POSÉS NE L'OUBLIERONT JAMAIS.

J'ESPÈRE QUE LES PAPIERS USÉS ET LES SIÈGES DES BUS, LES SORTIES D'AUTOCAR ET LES MESSAGES DANS LE NOIR
CONTINUERONT À RACONTER LES MILLIERS DE RIRES SUSPENDUS DANS LE CIEL ECCHYMOSE DE NOTRE JEUNESSE.

J'ESPÈRE QUE LE PAVÉ
ET LE RELIEF DU GRAVIER
CONTINUERONT
À CHANTER
LA PUISSANCE
DE L'INSOUCIANCE
AVEC LAQUELLE
ON LES A FOULÉS
LA FOIS OÙ ON S'EST
RENCONTRÉS
NOS PREMIERS MOTS
NOS PREMIÈRES TAPES DANS LE DOS
QUI ONT SUFFI POUR QU'ON
SE DISE AMIS.

J'ESPÈRE QUE LES MOTS DE LA VILLE, LES ARCHIVES DE NOS STORIES ET LE RESTE DE NOS VIES RACONTERONT TOUT DE NOUS
LES CHAGRINS IMMENSES ET LES PASSIONS DÉMESURÉES DES PREMIÈRES FOIS

QU'ILS EN FERONT DES
CONTES, DES LÉGENDES
ET DES FABLES

DES MOUES NOSTALGIQUES
ET DES LARMES

ET SI LE TEMPS
NOUS ÉLOIGNE
J'ESPÈRE QUE TOUT
DE NOUS RESTERA
QUELQUE PART DANS
LES PLIS DE NOTRE MÉMOIRE

POUR NE JAMAIS OUBLIER QU'UN JOUR, ON S'EST TROUVÉS
POUR NE JAMAIS OUBLIER QUE DE NOTRE AMITIÉ, ON A FAIT LES PLUS BELLES ANNÉES.

21

DÉCEMBRE

JE REVOIS TA MAIN
TENIR LA MIENNE
– OU L'INVERSE

MES PETITS PIEDS
SUIVRE LES TIENS
MARCHER DANS TES PAS
QUI MARQUAIENT
LA NEIGE.

LE FROID QUI
NOUS PARLAIT
À L'OREILLE
ET LE BONNET
SUR LE NEZ
POUR L'EN PROTÉGER.
TOUS CES MOTS
QUE JE T'AI DITS
QUE TU N'ÉCOUTAIS PAS
“LES RÊVES D'ENFANT
SONT TROP BRUYANTS
POUR LE CŒUR
DES GRANDS”

AUJOURD'HUI MES PAS
FONT LA TAILLE DES TIENS
ET MA MAIN N'ATTRAPE PLUS
LA TIENNE

CE N'EST PLUS COMME CELA
QUE LES CHOSES SE PASSENT

LA NEIGE N'A PAS CHANGÉ
ELLE A TOUJOURS LA MÊME BLANCHEUR
ET LE FROID NOUS RACONTE TOUJOURS LES MÊMES HISTOIRES

C'EST TOI QUI ME PARLES
BEAUCOUP MAINTENANT
CAR TU SUPPORTES MAL
MES SILENCES...
ET TOUT DE CHEZ MOI
QUI T'ÉCHAPPE.

JE CROIS QUE TU N'ENTENDS PAS
CE BONHEUR D'ÊTRE AVEC TOI
QUI CHANTE TOUJOURS
TOUT BAS.

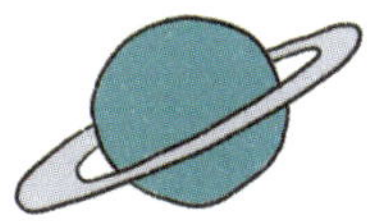

22

DÉCEMBRE

JUSTE COMME ÇA
J'AI TRÉBUCHÉ
JUSTE À TEMPS
TU M'AS RATTRAPÉ
ET C'EST COMME ÇA QU'ON S'EST RENCONTRÉS.
QUAND J'Y PENSE
TOUTES LES HISTOIRES
COMMENCENT
UN PEU
COMME ÇA
S'AIMER,
UN PEU BEAUCOUP PASSIONNÉMEN
JUSTE COMME ÇA
C'EST CE QUI ARRIVE
PAR MOMENTS ENTRE
DEUX PERSONNES : L'AMOUR C'EST COMME ÇA

PARFOIS ON S'ENGUEULAIT
COMME SI COMME ÇA
C'EST COMME ÇA JE SUIS COMME ÇA
C'ÉTAIT NOTRE EXCUSE PRÉFÉRÉE.
PUIS ON S'EMBRASSAIT ÇA FINISSAIT TOUJOURS COMME ÇA.

TU NOUS VOYAIS COMME
SA(T)URNE ET URANUS,
TU M'EXPLIQUAIS
LA COMPATIBILITÉ PHYSIQUE,
SOCIALE, SPIRITUELLE ET
TOUTE LEUR COMPLÉMENTARITÉ.

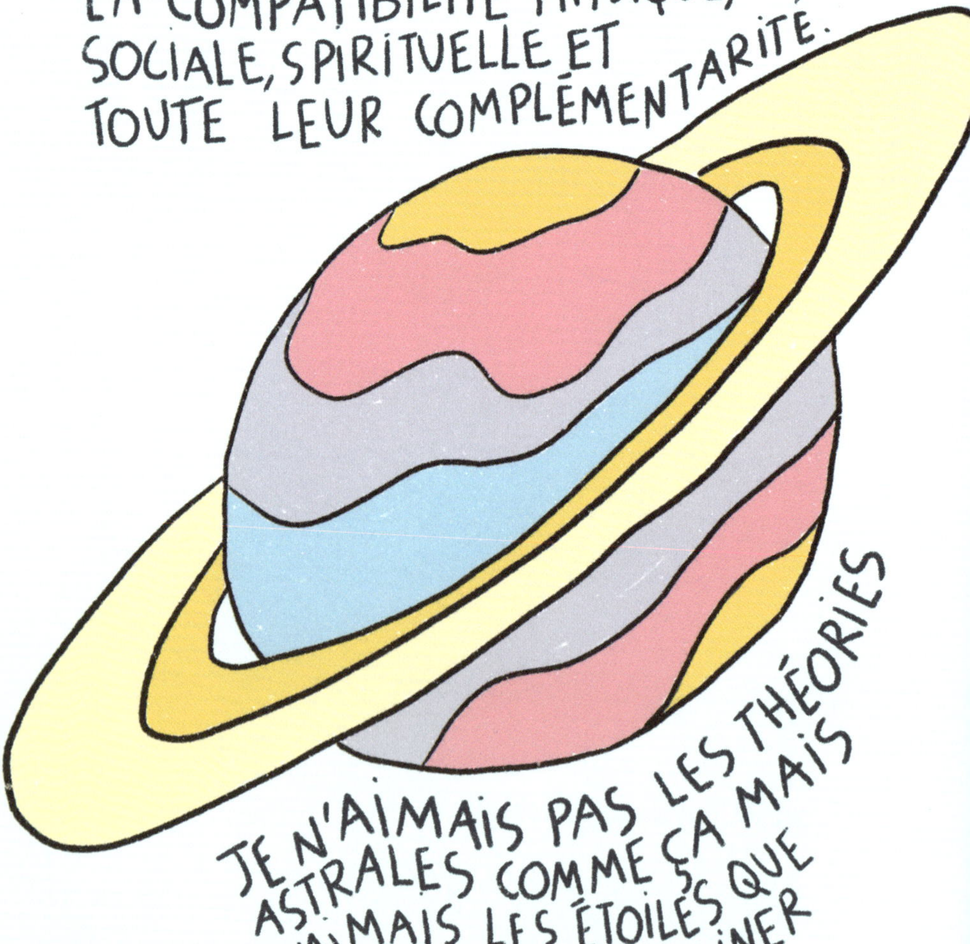

JE N'AIMAIS PAS LES THÉORIES
ASTRALES COMME ÇA MAIS
J'AIMAIS LES ÉTOILES QUE
TU ME FAISAIS IMAGINER

ET JE T'AIMAIS TOI,
POUR DE VRAI.

EN Y REPENSANT,
JE CROIS QU'ON
S'EST AIMÉS, MAIS
QU'ON N'A JAMAIS
SU SE LE LIRE NI
SE LE DIRE.

TOUTE CETTE HISTOIRE S'EST FAITE COMME ÇA
AVEC UN PEU DE HASARD
DE QUOTIDIEN
ET BEAUCOUP DE FOLIE
QUI LAISSENT DES SOUVEN
ENTIERS ET
MALADROITS
QUE JE N'OUBLIERAI PAS.

UN AMOUR COMME ÇA
OU RIEN

23

DÉCEMBRE

PEUT-ÊTRE QU'EN DÉCEMBRE
LES NUITS SE FONT PLUS LONGUES

POUR QUE LES RÊVEURS APPRENNENT
À NE JAMAIS AVOIR PEUR DU NOIR.

DANS MES RÊVES
IL Y A DES ESPOIRS
QUI NE PLAISENT
QU'À MOI

LA NUIT SOUS MES PAUPIÈRES
JE LES GARDE
COMME
DES TRÉSORS

À L'ABRI DU MONDE DEHORS.

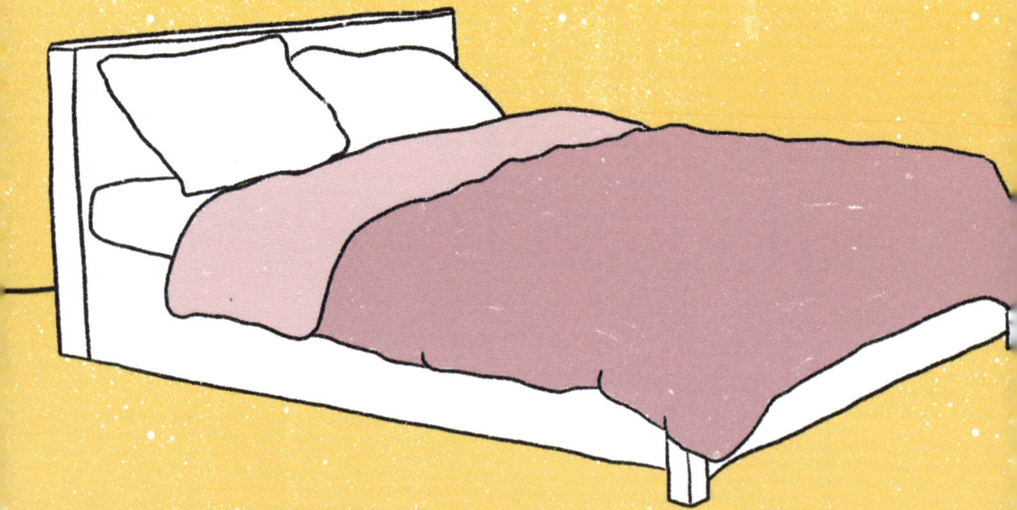

PEU À PEU
JE DEVIENDRAI
QUI JE VEUX.

24

DÉCEMBRE

PARDON POUR
LES MALADRESSES

LES RÉVOLUTIONS
LES TENSIONS
LES FAUX PAS
ET LES MOTS
JAMAIS DITS

ET MERCI
POUR L'AMOUR
MALGRÉ
TOUT

LES PARTAGES
ET LA VIE

QUI ELLE, N'A PAS
ENCORE FINI DE
TOUT ME RACONTER

BRÈVES
POÉTIQUES

ON DEVRAIT DIRE
PLUS SOUVENT

« J'AI PEUR »

ÇA SOULAGERAIT
LE COEUR.

Parfois, nos mains
se frôlent sans
Permission
Ainsi naissent les sourires.

J'AI SERRÉ CONTRE MOI
MA VIE SANS MODE D'EMPLOI.

Je n'ai jamais su te parler
Mais
je n'ai pas cessé
De rêver des voyages
et des doux bancs de sable
qui dérivent
dans l'océan paisible
de ton regard

depuis le premier jour.

PLUS TARD TU COMPRENDRAS.

Je voudrais t'écrire un poème
Mais devant toi

même mes stylos
perdent leurs mots.